KB269491

어제의 슬픔,
오늘 비가 되어
내리고

사 랑 그 리 기 14

어제의 슬픔, 오늘 비가 되어 내리고

연 제 남 시 집

책머리에

20대가 시작되면서 거대한 사회의 모습에 대해 눈을 뜨기 시작했고 '심한 열병'을 앓으며 몇 년간의 힘든 시간을 보냈던 적이 있습니다.

불완전한 자신의 존재에 대해서, 쉽게 이루어지지 않는 나의 사랑에 대해서, 또한 자신이 가야할 길이 쉽게 자주 바뀌어 가고 있다는 흔들림에 대해서, 인간과 인간이 살아가는 복잡한 사회의 틈 속에서 하루하루의 고민거리를 양식으로 버텨내며 오늘에 이르렀습니다.

어느 날부터인가 노트의 한구석에 시를 채워 넣기 시작했습니다. 시의 언어가 내 속에 들어오게 되었고 나는 그것을 쓰기 시작했습니다.

시를 쓴다는 것이 이 세상에 없는 언어를 사로잡아 새로운 것을 창조해내는 어쩌면 산고의 기쁨과 견줄 수도 있는 일이라는 생각으로 정신없이 시를 썼던 적이 있습니다. 시를 읽는다는 것으로 시를 쓴다는 것으로 힘든 일상 중에서 자신을 구원받을 수도 있지 않을까 라는 생각으로 살았던 적이 있습니다.

오늘은 오늘의 이유로서 시를 읽고 시를 쓰고 있습니다. 자신을 구원받을 수 있으리라는 일말의 희망을 가지고, 또한 나의 시로 인하여 누군가 위로 받을 수 있다면 좋겠다는 생각으로 열심히 시를 쓰며 이 세상의 어둠을 밝힐 길을 찾아 살아갈 것입니다.

지은이 연 제 남

제1부

이제 사랑을 잊고 살고 싶다
그러면
이렇듯 밤마다 당당해
잠 못 이루지 않을 테니……

그래도 역시 사랑을 하며 살아야 한다

지워지지 않을 사랑

누군가와 사랑하고 싶다
가슴속 솟아오르는 사랑이
넘칠 것만 같아
소중한 그 사랑을 누군가에게
보내 주고 싶다

머리 위 하늘 가득
사랑이란 두 글자를
커다랗게 적어 놓으니
다시는 지울 수 없는
하늘의 별로 영원히 남아
밤마다 그 별은
나를 찾아올 듯하다

빛나는 별을 사랑하는 것보다
풀벌레 소리 들려 오는
자연을 사랑하는 것보다
더 중요한 것은
이제 누군가와 지워지지 않을
가슴 저리는 사랑을 하는 것이다

지지 않을 영혼의 사랑을 위하여

물결 출렁거리는 새벽의 바닷가
희미하게 비치는 모래사장 위에
손가락으로 써 보인 사랑이란 두 글자
밀려오는 파도결이 뭉게우곤 지나가네

이런 사랑을 하지는 말아야지
쉽게 썼다 쉬 지워지는
잊혀져 가는 사랑은 말아야지

순수한 사랑의 마음을
곱게 갈아 바닷속에 녹여
세상이 끝나
바다의 존재가 사라질 때까지
그 속에 녹아 있어
이 세상을 영원히 돌고 돌아다닐
그런 사랑을 해 봐야지

말 못하는 사랑

입이 있어도 말 못하는 사람이 있습니다
말을 하여도 하고 싶은 말을
못하는 사람이 있습니다
어느 작은 마을에 순진하고 소심하며
어수룩한 젊은 남자가
별들이 총총히 빛나는 밤의 창가에서
매일 밤 별들에게 사랑을 고백하는데
그 사람이 정말 사랑하는 것은 별이 아닌
마을에 사는 마음이 아름다운 소녀였습니다

말을 하여도 하고 싶은 말을
못하는 사람이 산답니다
눈으로 보며 가슴 태우곤 뒤돌아 서서
별들에게 사랑을 고백할 뿐인
주위 사람들은 그를 바보라 하지만
오늘도
그 사람은 가슴속에 살아 숨쉬는
한 사람을 향한 사랑으로도 행복하답니다

너를 사랑한 하나의 마음

깊어 가는 겨울의 문턱에서
눈이라도 오는 날엔
맨발이라도 좋으니까
따스하게 너를 만나 보고 싶다

거리의 모습들이 내려다보이는
'우리 사랑'이라는 카페에서
김이 나는 엽차를 매만지며
기다리다 지칠 때까지라도
너를 그리면서 기다리고 싶다

하얀 눈이 쌓이고 쌓여
발목을 뒤덮고
맨발이 시려 온다 하여도
덕수궁 돌담길을 돌고 돌아
너와 함께 있었으면 좋겠다

다음날 감기에 걸려
이불을 뒤집어 쓴 채로
기침을 콜록인다 하여도
그리워하고 만나 보고 싶은
그리운 이가 있다면 나는 좋겠다

전화걸기

긴 전화 통화
외로운 밤이면
너에게 전화걸기

딱딱한 전화기를 붙들고
살며시 속삭이는
부드러운 얘기하기

어떤 표정 짓고
나의 얘기를 들을까
그리운 너의 얼굴 그려보기

너무 기분 좋은 밤이면
너에게로 전화걸기

하루의 시간을
짧은 수필로서 얘기하고
너의 웃음 들어보기

멀리 있는 너의 수화기로
하루의 작은 사랑 전해 보는
밤시간의 전화걸기

나의 사랑이라는 것은

나의 사랑이라는 것은
누구를 위한 희생이 아니었기에
깊이 없는 얕은 냇물이었다
얕게 흘러 큰 강으로 빨려 드는
그리곤 흔적도 없이 사라져 가는 그런 것
정열이 없었고 살아 있는 기운이 없었던
도저히 말할 수 없는 부끄러움이었다
머릿속의 허전한 공간을 누비는
바람의 기운이 차갑게 핥고 지나고
제대로 서지 못한 몸 속의 뼈들이
흔들리는 불안함을 느끼며
나의 사랑이라는 것이
또한 불안했었다는 지금의 사실이
부끄러울 뿐이다

사랑

그대와의 거리는
그만큼의 기다림과 안타까움과 사랑의
빛깔로 충만합니다
팔월의 햇살같이 뜨거운 광열로 우리를
녹이며 이어주는 끈끈한 운명이 있고
십이월의 하얀 눈과 같이 사사로운
우리의 허물을 덮어 주는 사랑이 있습니다
사랑하며 용서하고 아파하면 감싸주는
마음이 다다른 곳에
지치지 않는 우리의 사랑이 있습니다

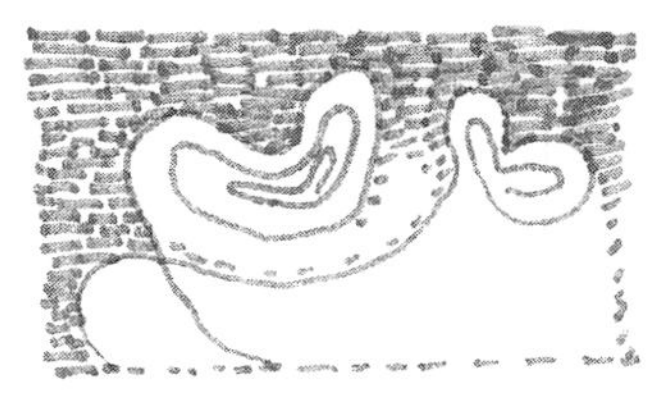

가을에

가을이 찾아왔다
서늘한 바람과 따사한 햇빛과
외로움과 그리움을 가득 안고서
자연에 한 발 가까워지는 시간
눈부시게 푸른 하늘이 머리 위에 있고
상큼한 가을 향기의 공기를 마시며
가을 속으로 깊이 빠져든다

가을이 올 때마다
떠오르는 사람들
가을에 묻혀 사는 사람들

오랜 친구가 그리워진다

그리운 이를 그리워하며
누군가에게 그리움을 떠오르게 할
한 사람이고 싶다

가을의 感想

해마다 어김없이 찾아 드는
여름의 뒤편 가을의 계절 속에선
신비로운 기운이 충만하여

대상이 확실치 않은
사랑이 세상을 향해 넓게 퍼져 가고
가을의 세상 또한 나를 사랑해 주는 듯해
힘없는 나를 감동시키며

나뭇잎들의 변해 가는 색소처럼
파랗게 물들어 가는 가을 하늘 빛처럼
욕심 많고 죄많은 나
감히 사랑으로 물들려 한다

가을날의 자화상

해가 진다
어스름한 공기가 낮게 깔리며
하루 동안 지고 온 외로움도 털어 놓고
힘없이 벤치 위로 떨어진다
웃는다, 한 번 웃어 본다.
하루 24시간, 1440분.
잠자고 밥먹고, 이것저것 젖혀 놓고
남는 그 시간 동안도
철저하게 외롭다
내 머릿속의 텅 비어 있음이
내 뱃속의 심한 공복감이 또한 외롭다
속쓰린 뱃속으로 술을 털어 넣을 수도 없다
언제였던가
외로움이란 단어를 익혀
밥먹듯이 뱉어 놓는 그 말의 반복이란

자고 나면 세상이 달라진다고 한다
그대로라 말하는 이도 있고
나의 자화상은
어제나 오늘이나 그 모양이다
지울 수 있다면 지우고 싶은 그 모양이다
그 모양이라 스스로에게 욕을 얻어먹고
등돌려 외면하게 만든다

그러나, 낙엽 불어 쓸쓸한
가을 동안만은 가만히 서 있어도
받는 상처가 너무 많기에
가을만이라도 외면하지 말아야겠다

가을 그 잠시 동안만이라도……

뒹구는 낙엽 끝에 매달린 의미

높은 가지를 떠나 이제
거리를 뒹구는 퇴색한
낙엽 끝에 담긴 버려진 의미들이
차가운 거리를 쓸어 낸다

주린 배를 움켜쥐고
떨어진 낙엽조차도 먹을 양식이라
생각하는 배고픔의 사고들이
나를 미치게 만든다

한 번 뒹굴고 다시 서선
다시 뒹굴고 쌓여 가는 상처에
낙엽은 거의 죽어 가고

한 번 뒹굴고 다시 서선
다시 쓰러지고 일어서려는 몸부림들은
나의 사고에 나를 다시 짓밟히게 하고
엉성한 육체와 날카로운 사고에
무기력해져 가는 가을의 하루

10월

아무도 날 일깨우지 않아도
바람은 날 알아보고 얘기한다
작은 바람에도 내 마음은 흔들려
바람은 나를 피해 가려 한다

낙엽이 지는 나무들은 말한다
봄, 여름에 일구어 온 자신의 빛깔은
그토록 강한 태양을 이기고 여기 왔다고

살아도 살아도
시리기만 한 11월이 오기 전에
10월의 바람과 나무가
나를 일깨워 살아가게 한다

잠시 고요함
지친 자신을 위로하며
잠시 깊은 사색
가을을 사는 이유를 생각한다

10월의 연인

10월의 연인이
저만치 서 거리를 걸어간다
10월의 연인은 아름답기 그지없다
시원한 가을 바람인데도
추운 듯 다정하게 어깨를 감싼
저들의 사이에 둘이라는 느낌은 없다
10월의 연인은 아름다워
외로운 사람에게
사랑을 하라 사랑을 하라
가르쳐 주는 듯하다

10월의 연인이
저만치 서 웃고 있다
둘의 웃음은 사랑스런 조화
그들의 감정은 하나일 것이다
그래서 둘이라는 느낌이 들지 않는다
거리 위에 혼자라고 느끼는 이
한 발 멀리서 10월의 연인을 바라보다
아쉬운 듯 서러운 듯
잠시 눈 돌려 떨어지는 낙엽을 주워 든다

10월에

10월에 할 일을
9월에 생각해 본다
10월은 가을이 성숙해지며
11월의 겨울 냄새도 나지 않는다
9월에는 할 수 없는
많은 일들을 이룰 수 있는 10월엔
사랑을 하고 싶다
미숙한 9월의 사랑이 아닌
저무는 11월의 사랑도 아닌
성숙한 모습의 10월 사랑을 하고 싶다
9월엔 다가올 10월의
사랑을 준비해야만 한다

짝사랑

사랑함을 좋아하였기에
사랑 받기를 염두함이 없이
누군가를 사랑해 왔음에도
끝내는
사랑 받지 못함을 슬피 여겨
그 사랑을 짝사랑이라 외치고는
대답 없는 메아리에 이내 등을 돌린다

진정한 사랑이리라
의심을 가슴에 품고
살아왔던 짝사랑의 시간아,
이제는 영원한 과거의 추억이 되어
내 곁을 멀리 저 멀리 떠나 버려라

그리움의 절망감

가을의 햇살이
어딘지 모르게 마음 깊은 곳을
찌르고 부수고 있다
비로소 나는
외로움과 하나가 되며
그리움을 감싸안으며
가을의 햇살 속에 녹아든다

사람을 그리워하는지 모르겠다
사랑을 그리워하는지 모르겠다
여름에 두고 온 나를
그리워하는지도 모르겠다
무언지 알지 못하여도
절망하지는 않는다

이제 그리움과 함께 살아도
외로움의 살점이 떨어져 나가도
나약한 내 몸뚱인
가을의 햇살 속에서
더 이상 절망하지는 않을 것이다

제일 외로운 날

새벽을 지나 떠오른 아침해와 함께
시작되는 하루,
이것은 나에게 외로움의 시작이란
의미밖엔 없다.
오늘 하루를 이겨 나갈 일이 걱정이다,
두렵다,

제일 외로웠던 다음 날

이제 두려움은 감춰야 하며
어떻게든 자신을 일으켜 세워
해야 할 일들을 해야만 한다.
멈춰진 사고와 무기력한 육체를
방안에 내팽개쳐
자신으로부터 책임을 회피하려던
지난 시간을 부끄러워해야만 한다.

사랑시

나는 사랑에 대해서만 시를
쓰고 있지 않습니다
세상이 온통 사랑뿐이라는
말을 믿기에는 너무 많은
슬픔과 절망과 미움을
보았고 느꼈기 때문이죠
그러나 절망과 슬픔의 시조차도
감싸안을 수 있는 아름다운 사랑시를
이제는 쓰고 싶습니다

날 사랑해 주세요

날 사랑해 주세요
버림받은 날 사랑해 주세요
내게 버림받은 날
내게 구원받지 못한 날
사랑해 주세요
또다시 나를 버림받게 하고
또다시 나를 구원받지 못하게
하지 마시고
부서져 가루가 될 날
언젠가 흔적 없이 사라져 갈
그런 나를 사랑해 주세요

누구의 사랑으로도
채워지지 않은 메마른 가슴의 날
오늘도 미친 몸부림에
떨고 있을 날
그런 나를……

제2부

나의 따뜻한 마음을 사랑한다
미움보다는 사랑이 더 많은
누군가를 시기하고 질투하는 괴로움보다는
차라리 짝사랑의 가슴앓이로 고민하고 있는
사랑이 가득한 나의 마음을 사랑한다

머물 곳 없어라

오월의 목련꽃 핀 나무의
그늘에 숨겨진 움츠린 나의 모습

숨겨짐은 숨겨졌다는 이유로
곧 드러나고
그대 떠난 오월의 목련 나무 옆에서
더 이상 피하거나
머물 곳 없어라

그댈 사랑하며 살아왔던
지난 시간이 진실이었듯
그대가 곁에 없는
혼자만이 남겨진 시간도
진실임을 알면서도

환한 웃음 지으면서
살아가긴 힘이 들고
슬픈 표정 드러내곤
더 이상 머물 곳 없어라

내 외로움의 무게로서

내 외로움의 무게로서
나를 위로해 주실 이
내가 가진 만큼의
고통으로 나를 보듬어 주실 이

'세상이 앓고 있기에
나도 앓고 있다'라는
병든 신음 소리를 뱉으며

내가 앓고 있는 만큼의
괴로움으로 다가와
나를 채워 줄 이는
아무도 없다는 절망적 사실이
깨어 있는 온 신경을 휘감고 스며들어

더 외로워하거나 혹은
외롭지 않다는 망상을 꿈꾸어 보거나
해야 한다는 일들이 두렵고 귀찮아져

잠 속으로 달려든다 꿈속으로 뛰어간다
내가 없는 세상이 펼쳐지는
꿈꾸기를 고대하며

허나 깨어나면
내 외로움의 무게는 그대로이다

고독

사람들이 내게서 멀어져 갔다
멀어져 간다
나도 뒤늦게 떠날 채비를 하곤
그들에게서 멀어져 간다
아직도 나를 떠나지 못한 몇몇의
사람이 남아 있다
눈치를 보며 언제 누가 먼저
떠날지를 생각한다

얼마 후

끝내 나를 떠나지 못한
고독이란 놈만이 본래의 모습으로
남겨져 나를 괴롭힌다

술병을 찾았다
고독이란 놈을 술취하게 만들어
잠재우던지 아님 내가 잠들어야만 했다
잠자리 머리맡 더듬어도
술병은 없으며 피로에 지친
마른 눈만 껌벅거리며 밤은 흐르고 있다
무서운 밤이 더디게 흐르고 있다

나는 서 있었다

나는 서 있었다
아무도 날 알아주지 않는
밤거리에……

슬프지 않았다
누구의 동정도 바라지 않았다
나를 떨게 만드는 밤바람마저
밉지 않았다

그냥 잠시 서 있고 싶었을 뿐

이제 더 이상 예전같이
거리의 나무를 붙잡고
나의 외로운 사연을 털어놓진 않는다

오늘 밤
거리로 내몰린 나의 처지가
너무도 불쌍하여
나는 나를 동정해 본다

잊혀진다는 것
어제의 슬픔은 오늘의 슬픔에 가려
주위 사람의 괴로움은
더 큰 나의 괴로움에 눌려
잊고 살 수 있다는 것

언제나 부서지고 마는 나의 진실을
밤이면 거리로 나와 다시 쌓고
그래도 흔들려서 결국 부서지고 마는
부질없는 성쌓기를 반복하려
나는 서 있었던 것이다

나는 서 있었다, 아직도

나는 서 있었다

몇 해 전 내가 서 있던 바로 그 자리임을
깨닫고 나서 몸이 무거워졌다

어딘가에서 무슨 일인가를 저질러 놓고
다시 와선 후회하는 침묵을 짓고
나와 통하는 유일한 공간
거리의 공기 속에 마음을 털어놓는다

무슨 일인가를 저질러 놓고 와서
이렇듯 후회한다는 것이
옳지 않음을 알면서도 예전의
자리에 다시 와 서 있는 내 발걸음

치열했던 삶이 있었고
짓밟히며 처절히 부서졌던 시간도
자신이 미워져 다른 이를 찾아
멀리 떠난 시간들도 있었지만

나는 서 있었다
다시 혼자가 되어

빈 마음

밥그릇엔 밥을 담고
물 컵에는 물을 담고
마음으론 사랑을 담을 수 있어야
쓸 만한 마음이다

사랑을 할 수 없는 마음이란
기다릴 줄만 알며
두려워하기만 하는 마음이란
보기에도 안타깝다

바람이 심하게 불어와
높은 나무 위 낙엽을
가슴에 부닥뜨리게 한
겨울의 하루

빈 마음은 심하게 뒤흔들렸고
가슴을 쓸며 떨어지는
낙엽이 있었고
우울한 오후의 시간이 있었다

꽃을

시든 장미가 놓인 공간의
어두운 빛깔이 마음을 아프게 한다
어떤 의미에서이든 아름다운 꽃을
건네 받은 후엔 그 꽃의 시듦을
바라봐야 하는 괴로움을 감수해야 한다

서로를 볼 수 없는
동전 앞면과 뒷면의 어긋난 공간처럼
꽃의 아름다움과 그 죽음의
이중의 공간을 겪고 나면
조금은 힘을 잃고 조금은 서글퍼지고

꽃을 선물하진 말자고
속으로 다짐하며
시든 장미가 놓인 공간에서
마지막으로 떨구어지는
장미의 힘없는 빛깔을 바라보고 있다

꽃이 피고 지는 일

꽃이 피었다 지는 일을
알 바 없다
한 철 피는 꽃에는
정주지 말아야 한다는 사실을
고운 마음 주고 난 뒤
떨어지는 꽃잎과 함께
만남의 순간도
지게 됨을 알기에
잠시 머물다 가는 것에게
마음을 뺏기며 살아선
안된다는 것을 안다

늦은 봄날
꽃이 피었다 져도
알 바가 아니다
눈물을 흘리며
잊지 말라 애원을 하여도
알 바가 아니다

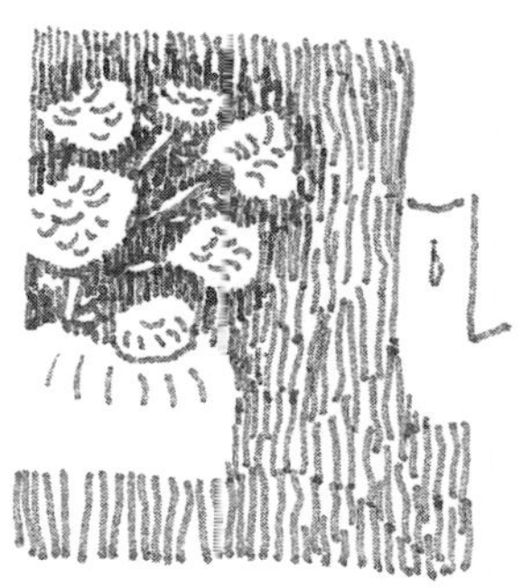

누구의 잘못도 아닌 게다

누구의 잘못도 아니다

기운 담 옆 시든 꽃이 떨어져 내려
꽃잎이 밟혀 가고
이웃은 담너머 저만치
주먹 다툼을 하며
그 건넛마을 초가집은
불이 나서 타 들어가도
물 뿌려 주는 이 없어
불만 쬐며 발구르는
집주인을 보면서도

누구의 잘못도 아닌 게다

시든 꽃이 떨어져 나간
머리 없는 대만 남아 있는
담 안 이쪽에는
멀쩡히 살아 있는 사람이 있으니
이제까지 보아 온 일
눈감아 버리고 나면
얼마 후 꽃은 다시 피어나고

누구의 잘못도 아닌 게다

작은 바람이 불어와

작은 바람이 불어왔을 때
쓰러지는 사람이 있었고
놀라는 사람이 있었다

쓰러지는 몸짓의 언어를
듣지 못한 사람들은 그냥
그런 사람이었다 입에서 입으로 전했고

작은 바람이 불어와
그가 누운 자릴 핥고 지나자
아무도 그의 이야길 하지 않은 채
사람들은 살아간다

어느 새 다시 일어선 그는
또 다른 누울 자릴 찾아 헤매며
외로움을 견딜 수 없었기에
견딜 수 없는 살아감이 힘들기에
작은 바람에 흔들려 그런 게 아니라
그 안에 휘몰아친 태풍에 휘몰려
쓰러졌다 나지막이 속삭이며

다시 작은 바람이 불어오고
그는 쓰러지지 않는다
그리고 사람들은
그가 죽었다고 이야기한다

추억 찾기

나만 바보일 거라 생각했다
모두들 돌아오지 않는 것들이라 말하는
것들에 대한 기다림을 버리지 못하고,
기다림을 버리지 못하고……

지나간 우리들의 시대라 말하는
시간을 찾아 기다림을 포기하지 않는다

떠나간 사람들, 다시 새롭게
자리를 채운 낯선 사람들
떠날 때 떠나지 못하고
새롭게 온 이들과도 어울리지 못하는
시대와의 불화를 겪으며 슬픔을 겪으며

이렇듯 질긴 기다림을 가지고
허공에 서 있을 수 있는 사람은
바보나 할 수 있는 일이라 여겨
나는 바보라 생각했다

하나의 길

그저 그렇게
좋았던 기억들과
아프고 힘든 추억 속에서
벗어나

내 인생을 다시 돌아보며
스물 한 살의
새로운 꿈을 만들어 갈 때

지금껏 만들어 온
지난 시간들이 무너져
헛된 꿈들로 버려질까 두렵다

하나의 길을 떠나는 나그네였음 좋겠다
지금까지 걸어온 길과
앞으로 내가 걸어갈 길이
하나의 길이였음 좋겠다

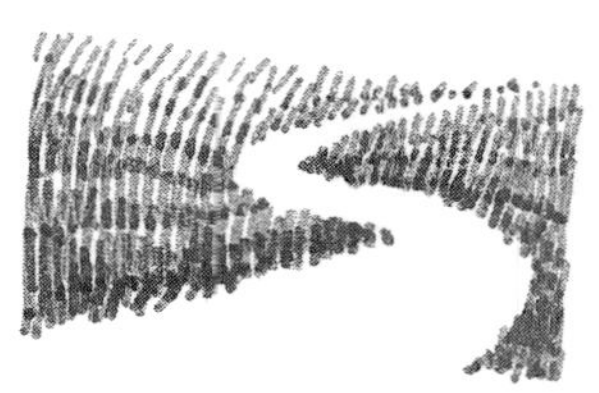

숲으로 가는 길

숲으로 가는 길
얼마간의 거리를 두고
숲 속을 향한 두 사람이
두갈래 길 위에서 우연히 마주쳐
하나의 길을 찾아
서로 기대어 걸어가는 여정
깊은 숲은 멀고도 험하여
숲 속의 종달새가 찾아와
그들이 길을 잃고 헤맨다 안타까워했다
얼마 후
숲 속의 다람쥐가 뛰어와선
그들의 행복한 미소를 떠들어댔다

오랜 시간 숲 속을 기어 나온
늙은 달팽이는
행복하게 죽어 간 그들을 이야기했다

자신에 관한 처절한 고백서

알고 나면
가득찬 풍성한 무엇인 줄 알았지
지구 위에 하나뿐인 비닐하우스
온실 속 핀 소중한 꽃이라 생각했지
그냥 空으로
과거에도 현재에도 미래에도
존재치 않는 무의미의 존재
아아, 나를 알려하지 말았어야 했다고
차라리 덮어두고 뭔가 있을 듯
신비함을 간직한 채 살았음 좋았을 거라고
깨고 부수고 산산이 조각을 내
보게 된 자신의 모습은
태우면 한 줌의 고운 가루
그것도 없이 사라질 空이었다고

강가에서

은행나무 등에 기대
은빛으로 찬란한 늦은 오후의
강물에 돌을 던져 넣으며
한 가지씩의 이야기를 털어 넣었다

왜 이렇게 된 거야
왜 이렇게 변해 온 것이지
나이를 먹으며 채워 가는
경험과 머릿속의 지식과 쓰레기들
채워짐을 무너뜨리는 더 큰 공허함

눈물은
더 이상의 나약함이 아니야
흐르는 눈물을
막을 힘이 없어서가 아니라
부질없는 오기를 거부한 마음으로
눈물을 흘렸다

어머니의 품을 뛰쳐나와
자유를, 독립을,
그런 혼자임을 외치며
혼자가 되었을 때부터 그런 일의 반복들

슬픈 추억들
지울 수 없는 슬픈 현실들

삶이 눈물겹고 힘들어서
힘들어도 힘든 척하지 못하는 위선 앞에
나의 눈물을 바쳤다
아무도 보는 이 없는 강가에서

시를 쓴다는 것

시는 똥이다
인생도 똥이다
그래서 그렇듯 쓰여지는
시는 똥일 수밖에 없는데
남들의 관념이
뭔가를 분류하기 좋아하는 이들은
분류될 수 있는 성질을 원하지만
똥을 똥이라 쓴다는 것은
가장 자유로운 행위,
세상을 바르게 보는 일임을
알기에 펜가는 대로
똥을 옮긴다

다시 쓰는 詩

더딘 손끝, 무딘 손끝
굳어져 가는 나의 손끝에서
헛뱅이질 하는 펜대를 뒹굴려
다시 쓰는 詩

할 말이 없어졌기에
써도 쓰나마나 했던 글들을
구겨 다시 쓰는 詩

아직 살아야 할 시간이 많기에
웃고 울며 괴롭게 쓰러져 가는 혹은
다시 일어서 새롭게 사는 이들을 위해
―그것이 오직 나만을 위해서라도―

거짓의 문구를 고발하며
나를 속이며 나를 보는 이를 속이는
이중의 위선을 깨뜨리며
다시 쓰는 詩

파지의 공동묘지를 다시 세우고
하얀 밤을 넘기고 넘어
살아 있는 영혼의 흔적을 남기려 하는
오랜 영혼의 잠듦을 깨우려 하는
다시 쓰는 詩

돌이켜 보면

돌이켜 보면
삶에 끼어든 고통을 즐겼으며
가끔 주어진 행복을 즐겼으며
무미건조함도 즐겼으며
즐길 게 없음도 즐겼다

산다는 것을 느낄 수 있는
감각들이 깨어 있어
눈으로 마음으로 귀로 입으로
지구를 핥으며 살았다

.쓰디쓴 독초에 중독 되어
감각이 무디어지며
즐길 게 없음을 즐길 수 없어지게
될 날도 멀지 않았음을 안다

돌이켜 지난날을 바라보면
어두운 앞날이 펼쳐질 것을
짐작할 수 있지만
오지 않는 시간들을
미리 두려워할 필요는 없다
지금의 시간만을 느끼기도 벅차므로

돌이켜 보는 일을
돌이켜 보면

과거의 고통스럽거나
혹은 행복했었거나
혹은 무의미했었거나
하던 시간들을
기억하는 영혼의 움직임이
삶이 힘들고 괴로운 시간에
추억될 만한 일 하나 가진 것 없는 시간에
아름답고 고마운 일들로 다가온다

겨울의 가운데에서

웅크린 겨울의 방 한 구석에서도
봄의 계절은 다가온다

춥고도 길었던 시린 나의 세월 속에도
연둣빛 푸름의 봄이 올 것이란
가슴 속 작은 기대감으로
겨울의 한파를 눈뜨고 바라볼 수 있었다

지지 않았다
시련이 왔다는 소문에도
두려워 하지만은 않았다

가끔은 너무도 아파했다
겨울이 지나가고 말 것인가
나의 슬픔을 감싸안고
울고 싶던 적도 있었다

슬픔을 바라볼 수 있을 만큼
많은 슬픔들을 이겨낸 후에도
슬퍼지는 날, 가슴이 흔들리는 날
그런 날들을 피해 가고 싶었다
겨울의 가운데에 서서
혼자 생각하던 나날들
남들과 조금 떨어진 시간 속에서
자신을 이겨 나갈 용기를 얻어냈다

웃어야지
겨울의 껍질을 깨고서
봄의 계절을 맞이했으니
다시 겨울이 찾아온다 하여도
웃으며 살 수 있어야지

내 마음 속 행복 파랑새 날려보내기

행복이란 먼 곳에 있지 않고
자기 주위에 살아 있는
파랑새와 같은 것

자신 속에서 찾을 수 있는 파랑새를
밖에서 찾으려 헤매었던 시간들

많은 상처와 시간을 보낸 후에
알아낸 파랑새의 의미도
이젠 내것만이 아닌
세상에
돌려줘야만 한다는 생각이 들고
나만이 가지려 했던
내 마음 속 행복 파랑새를
먼 곳까지 다다를 수 있도록
멀리 세상을 향해 펼쳐 보이는
파랑새 날려보내기

제3부

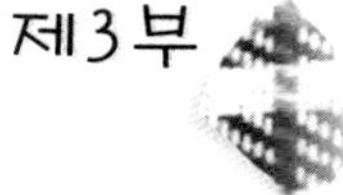

세상이 결코 아름답지 않다는
사실을 깨닫는 것보다는
세상을 아름답게 바라보는
마음의 눈을 어떻게 잠깨울런지
깨달아야만 한다

세상의 모든 아름다움은
느끼지 못했던 자신의 마음 속에
바로 살아 숨쉬고 있다

생각하지 않는 사람들

내가 너에게
너는 나에게
알지 못하는 순간
우린 서로에게 등을 돌린다

우리 사이에는
새로운 바다가 만들어지고
멀리 떨어진 섬이 놓이며
잊혀져 가는 사람들이 된다

끝없이 반복되며 돌아가는
무심한 시간의 움직임 속에
빛나는 별을 보며 문득
누군가를 그리워할 때는

우린 사람들 사이에 너무 많은
섬들과 바다를 만들어 놨다

새장 밖의 새

규범 안에 갇혀 있는
나
규범을 지킬 수밖에 없는
나
규범을 깨뜨리려 하는
나와 나
사람들의 눈이 닿지 않는 곳
아무도 보이지 않는 곳에서
생각하고 행동하는 모습들은
더없이 아름다우며
또는 추하기 그지없는
나

끝도 없는 방황의 새로운 시작

모든 것, 모든 이들이 제자리에 없다

모든 것들이 제자리를 찾아
힘겨운 길을 떠나는 시간
—끝도 없는 방황의 시작—
그래서, 모든 것, 모든 이들이
불안해 보인다
불안감을 감추려는
사람들의 표정도 불안하고
모두 안절부절 제자리를 찾아 헤맨다
스쳐 지나간 사람들이 밟은
엉킨 발자국의 흔적 속에
무덤을 찾아 떠난 이의 발자국은
사라지고 없다
몇 겹의 먼지와 몇 겹의 다른 발자국이
쌓였으므로
그래도, 모든 제자리로의 이동은
끝나지 않는다
할아버지 세대에서도, 아버지 세대에서도,
그것을 운명이라 불렀던지 뭐라든지

절망의 시대

차라리 절망을 하여도
용서받을 수 있던 80년대의 봄이 그립다
소주잔을 기울이다 끝내 절망의 탄식을
뱉어 내도.이해 받을 수 있던
시대가 그리워진다

이젠 절망도 떳떳이 못할
너무 화려한 시대가 와서
컴컴한 술집에 들어앉아
홀로 절망하고 홀로 술잔을 들이킨다

마르크시즘이 안겨 주었던
사회주의 국가 건설의 이상
그 아름답던 꿈은 깨어지고
떠나간 냉전의 시대
무너진 베를린 장벽의 돌들같이
오래된 몸 속의 돌가루가 떨어져 내린다

평화의 시대가 혼돈의 시대로 느껴졌고
달라진 시대의 적응을 위해
절망을 재편해 본다
새로운 시대 속의 절망을 위하여
절망의 고독함을 위하여

나를 미치게 만드는 것

정말 나를 미치게 만드는 것
살아 있어도 살아 있음을 느끼지 못하게
만드는 존재에 대한 회의,
부끄러움, 무기력함,
썩어 들어가는 정신의 중증……

눈부시게 내리쬐는 햇살 밑에서
부리로 쪼는 듯한 머리의 통증이,
시체를 찾아 하늘을 맴도는
까마귀 떼들이 두려워졌고

207호, 308호, 402호,…
나를 낳아 준 정신병동의 호실이
아련하게 떠오르려 하다
이내 사라지고
그것도 정말 나를 미치게 만들고

산다는 것은 번호 없는
화려한 죄수복을 입고
쇠창살 없는 이름 없는 정신 병동에
갇혀 병을 치료받는 일?

정말 미치게 나를 만드는
썩은 동태 눈깔 같은 사고의 연속
꼬리를 물고 흩어지지 않는 연속의 연속

나쁜 일의 연속

거리를 비추는 태양빛의
광도는 더없이 밝아
세상을 하얗게 바꿔 놓지만
내게 보이는 건 어두운 지하 세계
안 좋은 일은 왜 계속해서
꼬리를 물고 터지는지
시계줄이 끊어져 시계를 잃어버리고
지갑을 잃어버리고
지갑 속 주민등록증이 없을 땐
거리에서 경찰이 붙들어 세우고

좋은 일은 이어서 일어나는 법이 없는데
한 번 일어나기 시작한
나쁜 징조는 꼬리에 꼬리를 물고
터져 일어나며
메모지에 옮겨 적은 여덟 가지
연속된 사건을 적은 후
다음 일을 억지로 생각하다
갑자가 화가 치밀어

더 이상 뭘??????

바퀴벌레의 생각

미리 만들어 둔 조건에 꿰맞춰
사람들을 사귀려 하니
점점 친해지는 사람들이 줄어든다

무슨 책들을 읽었으며
무슨 생각들을 하는지
무슨 옷을 입고, 어떤 대학을 나왔으며
어떤 사람들과 어울려 사는 계급인지

바퀴벌레인 난
하늘을 나는 비둘기를 사랑하게 됐고
그들을 동경한 나머지
나의 무리 바퀴벌레를 혐오하게 됐다

결국 바퀴벌레만도 못한
생각을 갖게 되었으며
비둘기를 사랑하며 살다
바퀴벌레마저 나를 모른 척 싫어하게 됐고
난 바퀴벌레란 존재 의식도 잃어버린 채
허무함의 중증을 앓고 있다
중증을 앓고 있다

바퀴벌레 살해법

거리에서 마주치면 모른 척, 눈 돌리나

모퉁이 농 밑에서 어슬렁
한가로이 기어 나오는 넌
나의 적, 적과의 동침은 절대 사절
불결하며 혐오스런 기분에
자네도 날 그리 느낄지 모르지만
한 번 쳐서 없앰이
두고두고 자네를 보는 고통보다는
나으리란 판단이
살생유택의 '택'에 여지도 없이
신문지가 살며시 말려 들어가며
허공에 처 들린 몽둥이가
한 순간 바람을 휙 가르면

자네는 이미 이 세상 벌레가 아니라네
후려 맞은 신문지에 아무렇게나 말려
초라한 무덤으로 향하는 최후를 맞고
우리의 잠시간의 만남은 이렇듯
악연으로 끝나고 마는군

다음 세상에선 부디
자네가 되고자 하는 것으로 탄생하게나

흔들리지 않는 성

흔들리지 않는 성을 쌓으며
흔들리지 않는 바람 속에 휩싸여
사람의 숨소리마저 들리지 않는
고독의 기쁨만이 넘치는 곳에 갇혀
나를 찾아온 사람들에게
'지금 저는 없습니다.'
그 한 마디로 나의 평화를 지키며
홀로 서며 홀로 쓰러지며
혼자 방황하는 시간만이 존재하는
흔들리지 않는 성에서 살았다
흐르지 않는 바람 속에
고독과 외로움이 죽어 썩어 가는
죽음의 냄새를 견뎌 내야 했고
성밖의 공기를 마시고 싶을 땐
그곳의 세계는 이미
낯선 곳이 되버린 채 신비스러워져
나는 나의 흔들리지 않는 성을
다시 부숴야 할 짐을 안게 됐다

누군가

누군가 세상 밖으로
나를 밀어내려 한다
선 밖으로 밀려나고 나면
다시 들어올 순 없다
'人生의 法則'
그러기에 선상까지 밀려선 나
마지막인 듯 곡예를 펼치며
땀뻘뻘 선 안으로 몸을 구겨 넣는다

치사하게 질긴 낙엽은
겨울이 와도 나뭇가질 떠나지 못하며
힘없는 낙엽은
이미 재가 되어 사라졌다

끝나지 않는 원 위를
달리기 시작했다
언제인가부터
미행이 따라붙어서
누군가 등 뒤를 난사할 듯하여

조금 큰 원이긴 하지만
벌써 몇 바퀴채인지 모르게
고개를 돌려 주위를 살필 틈도 없이
같은 자릴 달리고 달려온 기분이다
미행도 없고 총소리도 들리지 않는 곳

멀찌감치 떨어져 비웃는 자
같은 자릴 헛뱅이질 하는 이
관객들도 모두 돌아가 버린 무대 위에
二人극은 펼쳐진다

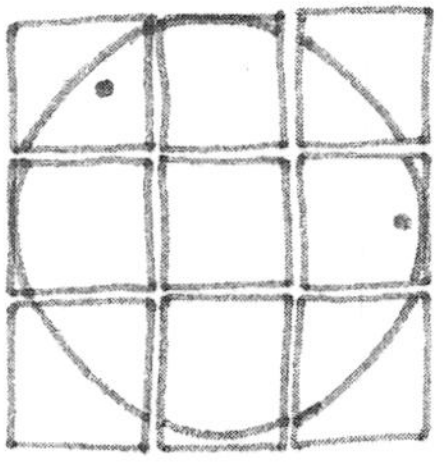

신림동 녹두거리

핸드폰 들고 서서 거리의
술취한 사람들을 정리하는 밤의 경찰관
—그들을 삐끼라 부르더군—
열 두 명! 자리 없습니다
여섯 명! 저리로 가십시오

컴컴하게 닫힌 문은 핸드폰의 몇 마디에
스르르 열려 술취한 사람들을
잡아먹고 컴컴한 계단을 조심스레
밟고 내려간 지하엔
환한 조명등 밑에 술취한 많은
사람들이 쉴새없이 술병을
모아 세우며 한밤의 심야불법영업을
비웃는지 환영하는지
술에 취한 웃음들을 질퍽하게 흘려 대고

신림동엔 경찰이 없나 보죠?
있어도 다 짜고 봐주는 거지

처음 와 본 듯 놀라는 순진한 이에게
쉽게 한마디 훈수하는 노련한 이
—그는 쉽게 넘길 수 없다는 듯
  머릿속에 복잡한 생각들을 떠올리는
  심각한 표정 지으며 술마시는 것도
  잊어버리고—

밤 열 두시면 들어갈 수 없는
대한민국 술집을 새벽 두 시에
들어가 네 시에 나오며

다시 컴컴한 지하 계단을 오르며
술집을 나서려는데
이층에 노래방 있습니다,
한 곡 부르고 가시죠,
서비스 잘 해드릴께요

술취한 사람들과 이젠
어두운 계단을 밟고 오르며
처음 온 그 사람은
허탈한 새벽의 세상 돌아감이
잠시 계산하여 이해하기엔
힘겨운 듯 도대체 알 수 없다는 듯
어정쩡한 모습으로 이층 노래방에 끌려간다

Come back prison '95

서태지의 새 음반을 들으며 가을이 흘러가
고 겨울이 오고 있었다 귀에 꽂은 이어폰에
선 요란한 소리의 'Come back prison'을
외치는 서태지의 목소리에 공감하며 무슨
일인가 저질러 편안한 곳으로 가고 싶다는
생각뿐이었다 거리의 사물들은 소리 없는
무성영화의 끊어진 장면들로 상영되고 있으
며 상기된 얼굴엔 분노의 열꽃이 피어 있다
전직 대통령의 비자금 이야긴 거리를 넘쳐
다 주워담을 수 없게 되었고 비자를 신청하
려 그 많은 돈을 주어 모았다는 그 사람을
끝내 이해할 수 없었다 노래가 끝나 다시
처음으로 되돌려 Come back prison은 새
롭게 시작한다 변사도 없는 무성영화는 새
롭게 돌아가기 시작하며 단지 Come back
prison의 배경음악뿐 영상 속엔 너무 많은
사람들이 비쳐지려 하고 있고 요청 받지 못
한 그들의 출연을 제지할 길은 Come
back prison의 외침뿐이다 노래의 절규는
절정으로 치달아 가고 누군가 고개 숙여 인
사하며 다가오고 이어폰을 뽑기 싫어 나도
고개 숙여 지나친다

도시 '95

모퉁이를 돌아선 친구는
다시는 돌아오지 않는다
그가 늘 서 있던 거리엔
요란한 경적 소리와 낯모르는
사람들이 자리를 채우고
추운 계절은 어김없이 찾아오고
아무 말없는 침묵의 시간에
사로잡혀 움직일 수 없었다
도시의 검은 블랙홀 속으로
어두운 도시 그림자의 시체로
전락한 나약한 이들이 죽어 나간
자리에 파묻혀
아니다
그는 돌아오지 않고 있을 뿐이다
화려하게 위장한 도시의 음모에 휘말렸다면
거리의 골목과 미로 사이에
사로잡혀 헤어나오지 못하는 것이라면
도시의 순진한 낮과 욕망의 밤의
어지러운 이중주에
취해 쓰러져 가고 있다 하여도
쉽게 사라져 주지는 않으리

돌아 오라 친구여!

할머니 집

할므이요
소주 한 병과 순대국이요

꼬깃하게 접힌 천 원짜리 석 장
이렇게 우리는 술잔을 들 수 있고
비가 때리는 딱딱한 시멘트 바닥
물 튀기는 소리를 들으며
젖은 몸을 난롯불로 말린다

할므이는
참말로 아름답십니더
예끼, 이놈아
어른을 놀리는 게 아녀

마음 속 골과 골 사이에는
깊어 가는 외로움의 안개가 피어
산은 안개 속에 숨고
안개는 전신 구석구석에서
소리 없이 빠져 나온다

살아 있는 온 세포를
휘어 감는 외로움의 신경들이
하나 하나 곤두설 때면
할머니 집을 찾아와선
외로움의 신경들을 소주로 달랜다

여름, 오대산

장마비 우렁차게 내리는
절간 처마 밑에
부드러운 지붕을 타고 흘러내리는
물방울의 부드러운 울음소리

똑　똑, 또옥똑.

고개 들어 저 산너머
하늘을 올려다보면
희뿌연 구름은 천천히
피어올라 한가롭고

산 속의 적막함과
떨어지는 빗방울의 울부짖음
고요 속에 치밀어 오르는 함성

외딴 곳 깊은 산 속
절간의 낯선 외로움

한 해를 살면

한 해를 살았습니다
어리고 마음 약했던 시간 속에서
세월이 흘러 한 해가 지나가면
어른이 된다며 다음 해를 기다렸습니다
많은 삶의 방황과 고민들을
해결해 줄 큰 어른을 보고파 했습니다
지금에 난 홀로 감당 못할
어려운 이야기들을 가득 안고 있습니다

한 해가 흘렀습니다
기다림의 의미를 깨달으며
조금 성장한 자신만이 초조하게
누군가를 기다렸습니다
하지만 그 동안 안고 있던 삶의 짐들을
홀로 조금 덜어냈습니다

그리고
또 한 해가 흐르고 나서야
애타게 기다려 온 그 사람이
바로 자신임을 알게 되었고
이제는 자신의 문제들을 가지고서
큰 어른을 찾아 헤매며
방황하지 않기로 했습니다

어머니, 당신의 아들이 드립니다

어머니
당신의 아들이 커서
당신 품으로부터 보호받던
세상의 세찬 바람과 홀로 맞서고 있습니다

어머니의 자상한 모습과
늘 저에게 따뜻한 마음을 전해 주신
그 뒤편에는
어머니를 할퀴고 괴롭혔던
저 지나간 폭풍이 있었음을 저는
이제서야 이해를 하고 있습니다

가끔, 아주 가끔 보여주신
어머니의 눈물과 피로에 쌓인 얼굴은
실은 저를 돌아서선 언제나
감당해야 할 어머니의 몫이 아니였는지요

오십 년,
긴 세월을 겪으며 얻은
어머니의 주름과
하얗게 뻗친 서러운 흰머리
지금부터의 시간은
어머니를 더 이상 힘겹게 하지 못하도록
어머니를 지켜 세찬 바람을 웃으며
막아내겠습니다

군인이 된 친구의 편지

참새가 아침에 울고 간 그날에
군대간 친구의 편지가 와서
그립던 녀석의 소식을 전해 줬다

창문 밖에 떠들던 참새가
떠나고 조용한 오후
그 녀석과 함께한 지난 시간을
천천히 돌려보며 천청 위
커다란 스크린 속 영화 주인공이 된다

녀석은 술을 먹고 취해
어지러운 세상에다 욕을 뱉어
나를 어지럽게 만들어 놓고
그 녀석의 장단에 나도 맞춰
현실적인 너무도 현실적인
이 세상을 욕해 댔다

풀리지 않았다
우리들 가슴을 막히게 한
이 사회의 답답함에 모순에 비정함에
술을 부어 막힌 가슴 뚫어 볼까 하였으나
우린 술에 취하고 말았다

그 녀석은 군대에서
신나게 뛰며 짬밥을 먹느라 행복하단다

그러나 녀석이 보낸 편지지 위엔
이 곳을 떠난 아쉬움과 서러움이
보이지 않는 눈물의 글씨로
나의 눈에 들어온다

어른이 된다는 것 1

아주 오래 전, 내가 태어나기도 전에 난
새가 되어 높고도 높은 창공을
훨훨 날아다니며 인간 세상을
내려다보고 있었던 것 같아

　　누구도 말하려 하지 않는 진실을
　　아이들은 서슴없이 주절이고
　　멀리서 바라보아도 어린이들의 순수는
　　그렇게 화사하지도 그렇게 어둡지도 않은
　　은은한 빛을 발하며 세상을 밝혀 주고,

어른들을 자세히 바라보면
반드시 그들이 보이려 하지 않는
어두운 그늘이 있기 마련이었고
그것을 모두다 말해 버릴 수 없음을
그들은 이해하는 것 같았다

　　하루가 이렇듯 저물어 버림이
　　부끄러워 한 잔의 술을 마신다
　　한 잔의 술로도 나의 서늘한 그늘을
　　쫓아내지 못해 술잔은 자꾸 비워져 간다

　　예전에
　　어른들을 이상한 눈빛으로 바라보며
　　그들은 왜 그래야만 할까

속으로 되새겼었지

모두를 다 이해할 수는 없지만
지금은 누군가를 이해하려 나의 귀를
기울이고 싶어지는 때가 되었네

어른이 된다는 것 2

내가 삶을 아파해야 하는 이유는
내가 외로움을 감출 수 없어
홀로 홀로 그렇게 서성이는 것은

그렇게 그렇게 시간이 지나가면
모든 것이 서서히 잊혀져 간다지만
그래도 잊을 수 없는 눈물어린 아픈 추억들

어제도 아파했고 오늘도 아파했으며
내일에도 또 그 훗날에도
나의 전부를 감쌀
어떠한 것도 준비돼 있지 않아
아직은 조각난 상처를
메우고 살기도 힘이 들지만
언젠가는 한 번 언젠가는
그런 추억의 상처들을 붙들고 울어 버린 후
다시 오랫동안 눈물을 메우며 살아야지

그런 후,
힘들게 울어 버린 나의 눈물이
쌓이고 쌓이는 날
나는 어른이 되었음을 알게 될 거야

제4부

사랑하는 사람을 그리워할
시간을 가진 사람들은 행복합니다

사랑하는 사람과 함께 하는
시간들은 더욱더 그러합니다

사랑을 기다릴 수 있는 사람들은
행복한 사람들입니다

짧은 詩

짧은 시 1

어제는 종일 비가 내렸고
그래서 슬펐다
오늘 이어진 비에도
사라지지 않고 녹아
주위에 살아 뿌려지는 비의 슬픔

짧은 시 2

이제 사랑을 잊고 살고 싶다
그러면
이렇듯 밤마다 가슴이 답답해
잠 못 이루지 않을 테니……

그래도 역시 사랑을 하며 살아야 한다

짧은 시 3

하루 중 나의 존재를 잊고 사는
수많은 시간이 없었다면
이렇듯 쉽게 커 버리진 않았을 것이다

짧은 시 4
―오늘

하루가 지나는 것은
바쁜 일과 속에서
정신을 차려
일기를 쓰고 났을 때
그 속에 남은 글씨들의 상처

짧은 시 5

전화번호 수첩 가득 적힌 여자의 이름
모두 좋아했고 모두 사랑했다면
난 너무 사랑이 많은 것일까
너무 밝히는 사람일까?

짧은 시 6

소주 한 병 가득 붓고
참아 왔던 가슴속 말들을 뱉어 놓으니
시원함을 견딜 수 없어 미친 듯이 웃지
…………
책임질 수 없이 뱉어 놓은 힘겨운 그 말들

짧은 시 7

내가 군대 간다고
수화기 너머로 서운해하다
끝내 울고 만
남자 친구의 눈물이 밴 목소리
내 눈가를 뜨겁게 만든
그 친구의 눈물은 그 순간
어느 여자의 그것보다
더 따뜻하고 더 아름다웠다

짧은 시 8

나의 따뜻한 마음을 사랑한다
미움보다는 사랑이 더 많은
누군가를 시기하고 질투하는 괴로움보다는
차라리 짝사랑의 가슴앓이로 고민하고 있는
사랑이 가득한 나의 마음을 사랑한다

짧은 시 9

가을의 거리가 외로운 사람들을
불러 세우며
떨어진 낙엽들을 줍게 만들고
성숙한 모습의 사랑을 하기 위해선
조금 힘든 외로움의 시간을
참아 내야 한다 속삭이네

짧은 시 10

하늘에 담긴 수심도
가을 공기에 떠도는 외로움도
모두 잊고 살 수 있었던 가을의 하루
난 사랑을 느끼고 있었다

짧은 시 11

어제의 꿈을 꾸었다
서로를 죽이는 잔인함보다는
서로를 미워함에 더 슬픈 전쟁도 없고
사랑이란 단어가 흔한 퇴색함이 아닌
세상을 이끌고 있는
강한 부드러움으로 다가온
파란 희망의 꿈을 꾸었다

짧은 시 12

나의 생이
슬픈 외로움을 따라다니는 것은
아픈 외로움을 쫓아다니는 이유는
애초에 나의 한 부분은
외로움으로 만들어졌기 때문이지

짧은 시 13
─군입대 전야

또 다른 나를 만들어야 하는
시간이 다가 오는 것
그것은 나를 부숴야 하는
차라리 고통이다

짧은 시 14

가을을 채 느끼기도 전에
가을이 지나가 버렸다
겨울이 오는가 싶더니
겨울마저 느낄 수 없었다
그렇다고 봄이 온 것도 아니었다
스물 두 살 내가 서 있는
계절은 어디란 말인가
삭막한 도시 위에선
인생을 채 느끼기도 전에
인생 이야기가 끝나 가고 있었다

짧은 시 15

내가 만든 외로움과
내게 주어진 외로움의 시간들
긴 방황의 끝에 도달한 장소에
나를 기다린 이는
예전의 내가 더 많은
외로움을 감싸안고 서 있네

짧은 시 16
—너의 잔인함에 대한 나의 잔인함

서로에게 상처만 주며
살아갈 바에는
이 세상에서
우연이 아님
우리 서로
다시는 만나지 말자

짧은 시 17

세상 사람들
모두들 아픈 가슴을 안고
살고 있다
조금 넘치는 슬픔이든
조금 부족한 슬픔이든
저마다의 아픈 가슴으로 살고 있다

짧은 시 18

슬피 외로워하며 살기 싫은데
맑은 웃음 입에 물고 살려 했는데
슬픈 날로 기록되어져야 하는
날들이 달력 위엔
너무도 많이 동그라미 쳐진다

짧은 시 19

인적 드문 들판에 핀
잡초의 생명력으로 살자꾸나
사람들의 사랑을 받지 못하지만
내가 먼저 사랑하는 마음으로 살자
사랑을 하다 하다 지치게 될지라도
그때 까진 사랑하는 마음을 잃지 말자꾸나

짧은 시 20

아직도 깨어질 것이 남았는가?
찢어진 바지천을 꿰매 얽듯
이제 나의 조각난 상처를
보살피며 살아야 한다
더 이상의 깨어짐으로
나의 존재 가치를
잃어버리기 전에

짧은 시 21

병든 육체
병든 생각
병들게 보이는 세상
나와 세상 중 하나는
병들어 있지 않은 상태이길 기원한다

짧은 시 22
―나

내 안의 존재들은 무엇이고
내가 아는 세상 속의 내 자리는
정말 무어라 말인가

어쩌면 터지리란 불안감에
내 초라한 모습을
꿰매며 살아가고픈
그 모습이 진실일는지

이제껏 많은 시간을
나를 알고자 방황하였고
이제 또 더 많은 시간들을
나를 잊어버리기 위해
살아갈지 모른다

짧은 시 23

인간은 태어날 때
선한 미소와 착한 마음을 지닌 채
이 세상으로 나온다
어느 천사가 일러주었는데

사랑이 가득해야 할 세상에서
살아가는 것이 점점
조명 꺼져가는
어두운 연극 무대가 되어 간다

짧은 시 24
—겨울 등대

흰 눈 내리는 겨울의 바닷가에
드문드문 지나가는 배들을 기다리며
뜨거운 불빛으로 바다를 녹여 주는
겨울 등대를 바라보며
내 인생을 가르쳐 줄
인생의 달관자로 모시어선
앞에 놓인 오징어와 소주를 들이키며
그칠 줄 모르는 인생 얘기를
주절여본다

먼 지평선 바다에서는
이제 파도 소리들이 불어온다

짧은 시 25

이젠 세상의 혼탁한 사고와
답답한 현실들로 기침이라도 해댈 듯
가슴 속 꽉 막힘을 느낄 수 있다
어릴 적 순진했던 시절을
엄마의 가슴 속 체취처럼
그리워하며
어제도 오늘도
밟아 가고 있는
눈물겨운 현실속 거리

짧은 시 26
—허무

모래 사장 위에 상처를 내며
긁어 올린 한 줌의 모래같이
내가 이 세상에 할 수 있는 일은
보이지도 않는 작은 상처를 내며
무의미한 모래를 집어 올리는 일이다

짧은 시 27

세상이 결코 아름답지
않다는 사실을 깨닫는 것보다는
세상을 아름답게 바라보는
마음의 눈을 어떻게 잠깨울런지
깨달아야만 한다

세상의 모든 아름다움은
느끼지 못했던
자신의 마음속에
바로 살아 숨쉬고 있다

짧은 시 28
—짝사랑이 남긴 상처를 위해

사랑이 아니라면
홀로 감당하기 힘든 사랑이었다면
바보같이 미소지으며
사랑이 아닌 사랑을
툭툭 털어 내자

짧은 시 29
—이별의 뒷모습

시간이 지나가며
이렇듯 상처가 덮이고
모든 것이 아니더라도
어느 정도 잊고 지내는
차라리 다행스러움을
당신은 알고 있었나요

짧은 시 30

헤어짐의 괴로움은 고통스러우나
사랑함에 행복함은 끝이 없기에
단지 사랑만을 생각하며
이별의 그 뒤안길은 생각하지 말기로

짧은 시 31

너와 나의 우정이
시들게 피었다 져버릴
그러한 꽃이라면 가지를
부러뜨려 벌판에 흩날리리요
영혼 속에 깊이 남아 살아 있을
우정의 꽃을 피운다 하면
모진 시련 다 이겨내는
한 송이 겨울 꽃이 되리요

짧은 시 32

사랑하는 사람을 그리워할
시간을 가진 사람들은 행복합니다

사랑하는 사람과 함께 하는
시간들은 더욱더 그러합니다
지금 그대를 그리워하는 나는
어떤 행복감에 빠져 있는지요

사랑을 기다릴 수 있는 사람들은
행복한 사람들입니다

짧은 시 33

꽃을 노래하고 싶다
숲속의 나무를 사랑하고 싶다
그러다 죽을지라도
노래하고픈 것을 노래할 수 있고
사랑하고픈 것들을 사랑할 수 있는
포근한 가슴을 갖고 살다 가고 싶다

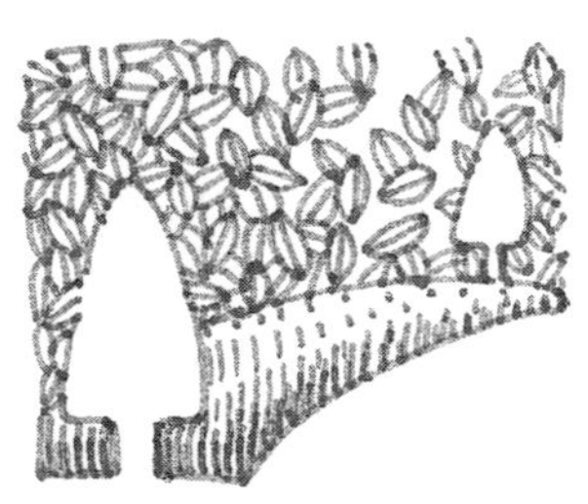

짧은 시 34
—개나발

사랑을 개나발이라고 부르자
사랑 없이 살 수 있는 삭막한 이 세상을
개나발이라고 부르자
서로의 멍든 외로움을 안고서도
기댈 이 찾을 수 없는 이곳을
개나발이라고 하자
그리고 개같이 산 내 인생을
개나발이었다 적어 두자

짧은 시 35

혼자만의 시간을 다 살지 못해
늘 외로운 거야
수없이 스쳐 가는 사람들 속에
묻혀 살며 외로움의 시간들을
다 살 순 없겠지
쓸쓸히 죽음의 순간을 맞이할 때까지도
아마 절대로
외로움을 떨쳐 낼 순 없을 거야

짧은 시 36

아직도 인생이야기는 그칠 줄 모르는데
내가 쌓아 놓은 이야기만으로도
넉넉하다 싶을 참된 외로움을
겪고 난 후 다시 반성한다
이것은 외로움의 시작일 뿐이다

짧은 시 37

부서지는 태양빛 가루를 머리에 이고
저물녘 거리 위에 어둠으로 서 있네
자신을 태워 주위를 비추는 촛불도 아닌
비추인 태양빛에
오히려 모습을 감추려 하는
어두운 그림자가 되어
중심을 비켜 서려 하네

짧은 시 38

멋있는 사랑을
할 수도 없으면서
사랑을 한다고 말을 해 버렸다

사랑이 뭔지도 모르고서
사랑을 하겠다고 생각을 하였었다

짧은 시 39

아주 아무렇지도 않은 듯
거짓말을 조금씩 하며 산다
그건 거짓말이야
그것은 선의의 거짓말이야
그래도 거짓말은 옳은 것이 아니야
어쩔 수 없잖아

우리는 말장난 속에 우리의 진실을
커다랗게 상처 내며 살고 있다

짧은 시 40
―겨울 수레

눈길을 달리던 새벽의 수레가
미끄러져 어지러운 바퀴 자국을 남기고,
그 속에 묻힌 겨울의 진실은……
겨울의 진실은 뒤집힌 채
얼어 일어서지 못하네

짧은 시 41

그대가 떠난 뒤에
하얀 꽃이 피었다
그대가 다가왔을 때에도
하얀 꽃이 피었다
그대가 곁에 머물고 있을 땐
꽃은 시들고 피지 않았다
사랑보다는 이별을
그대를 느끼기보다는
그대를 그리워하길 더 원했나 보다

짧은 시 42

바람이 흔들어 놓으면 흔들려 바람이 되고
햇살에 비추이고 떨어지는 비를 맞으면
피어나는 꽃이 되며
달빛을 받으면 달의 파편이 되고 마는
나는 나는 누구인가

짧은 시 43

주머니 속 토큰을 잃어버린 것보다
도서관에 놔두고 온 책을 잃은 것보다
더 슬프고 힘든 일
주머니 속에서도 거리에서도 찾을 수 없는
내가 나를 잃어버린 슬픔 하나
어디서 찾을까?
어데 서서 돌아 오라 부를까?
나는 나는 누구인가

짧은 시 44

내가 웃고 있는 동안
그래서 남들이 편하게 느끼는 동안
짧은 듯한 그 동안에도
수많은 이유로 난 괴로워했다

짧은 시 45

어른의 몸뚱이를 한 채
어린 생각의 울타리 속에 갇힌 난
울타릴 부수려는 소리에 놀라
모든 문을 굳게 걸어 잠근 채
내 속에 숨어 웅크린 채
눈부신 태양을 비켜 서 있다

짧은 시 46

내 아직 참사랑을 몰라
하루의 삶을 허덕이며 이겨내고
내 아직 참삶, 참됨을 몰라
방황이란 수식어를 그림자에 묻어 둔 채
오늘을 살아간다

짧은 시 47
―세상지기

자신만의 슬픔은 없는 것
다른 이만의 슬픔도 없는 것 그러나
우린 그토록
자신만의 슬픈 외로움 속에 빠져
자신만을 지키기에도 힘들어하고
결국은 허전한 자신의 상처만을 남기고

너와 내가 함께 살아가는
세상 속에서 우린 모두
서로를 지켜 가며 위로하는 세상지기인 것

짧은 시 48
―어제

가을이 왔음에 떨어지는 낙엽들
가로수 낙엽 쌓인 외떨어진 길가에서
오늘을 걸으며 어제만을 생각하는
자신이 미워 걷기만을 계속할 뿐
낙엽이 밟혀 흐르는 소리도
귓가에선 멀어져 가을의 하늘로
하늘의 푸름에 미소 지어 보지만
눈 속의 신경은 사고의 신경으로 무뎌지고
그저 어제만을 듣고 볼 수 있을 뿐

오늘을 걷는 나의 초라한 모습은 다시
내일의 어제 모습으로서 남게 되겠지

짧은 시 49

한밤에 피어오르는 하얀 김
뜨거운 물에 용해된 커피의
은은한 냄새
스푼을 저어 가며 녹이는
한밤의 고민 거리, 하루의 피로
후루룩 소리내며 마시지 않는
기품 있는 모습
한밤의 병을 쫓으려 청하는
커피 한 잔

짧은 시 50

버리고 와야 한다
마음의 쓰레길 버릴 난지도를 찾아
쌓인 쓰레깃감, 태워서 없앨
죽음의 생각들을 버리고 와야만 한다

가벼운 짐을 챙기어선
남들이 잠들어 가는 밤시간에
강릉행 기차에 몸을 태워
떠난다

짧은 시 51

내 마음 속 행복
파랑새 날려보내기

짧은 시 52
—절망

나의 순수가
너희들에게 웃음거리가 되었다……

짧은 시 53

나는 과연 순수하였던가
벌레처럼 기어 들어와
온 몸을 파헤쳐 놓은 불쑤시개
다름 아닌 자신이 던지는 질문이기에
더 뜨겁고 답하기 어려워
주춤케 하는 혼란스러움

나는 과연 진실로 순수하였던가

사랑그리기 14
어제의 슬픔, 오늘 비가 되어 내리고

지은이 • 연제남
펴낸이 • 최순철

초판1쇄 인쇄일 • 1997년 4월 3일
초판1쇄 발행일 • 1997년 4월 10일

펴낸곳 • 도서출판 등불
서울시 마포구 합정동 385-107 중앙회빌딩
전화 322-4595~6 팩스 322-4597
출판등록 • 1994년 4월 19일(제10-969호)

값 3,500원
ISBN 89-8028-058-0 03810

잘못된 책은 바꾸어 드립니다.
저자와의 협의에 의해 인지를 생략합니다.

■본문삽화 : 김혜영

① 어느날 문득 네가 그리워지면 그러면…어쩌지? 1

군생활의 외로움과 그리움이 잔잔한 감동으로 남아 있는 책. 솔직하면서도 건강한 웃음을 잃지 않는 젊은 시인 임우현의 첫시집.

■임우현 지음/값3,500원

② 어느날 문득 네가 그리워지면 그러면…어쩌지? 2

사랑은 순수할 때 가장 아름답게 피어난다. 이 책은 풋풋하고 싱그러운 젊은 날의 사랑·우정에 관한 작가의 시선이 아름답고도 향기롭게 그려져 있다.

■임우현 지음/값3,500원

③ 나 말없이 눈물 흘릴 때

사랑이 치열했던 것만큼 이별은 깊은 상처를 남긴다. 차기환의 시에는 이별의 고통을 더 깊은 사랑으로 승화시킨 진지함이 배어 있다.

■차기환 지음/값3,500원

④ 가슴으로 부르는 이름 하나

잊혀지지 않는 사랑의 추억을 기억하는 이야기. 가슴으로만 불러야 하는 사랑의 이름을 떠올리며 그리움을 시로 표현하는 시인 김경구의 네번째 시집.

■김경구 지음/값3,500원

⑤ 다음 세상에 우리 연어가 되기로 해요

열두해 전 이미 이 세상을 떠난 사람에게 보내는 변함없는 사랑의 언어. 정재희의 시는 가벼움이 난무하는 요즘 세태에 찾아보기 힘든 순수성을 간직하고 있다.

■정재희 지음/값3,500원

⑥ 사랑으로 우리 함께 하는 날이 온다면

젊은 날의 사랑과 이별, 그 향기가 느껴지는 책. 어둔 세상에 한가닥 사랑의 빛이 되고 싶은 소망으로 시를 쓴다는 지은이는 꿈을 잃지 않으려 노력하는 신세대 시인.
■ 김진수 지음/값3,500원

⑦ 그리워 눈을 들어도 보이지 않는 그대

시인이라는 아름다움의 창조자를 꿈꾸는 지은이의 첫시집. 순수한 사랑, 빛나는 우정 그리고 삶에 대한 진지하고도 꾸밈없는 모습을 담고 있다.
■ 석희숙 지음/값3,500원

⑧ 어느날 문득 네가 그리워지면 그러면…어쩌지? 3

≪어느날 문득 네가 그리워지면 그러면…어쩌지?≫1·2로 독자들의 많은 사랑을 받고 있는 작가 임우현의 세번째 시집.
■ 임우현 지음/값3,500원

⑨ 사랑하는 사람이 곁에 있다면 한번 더
그 사람에게 사랑한다고 말하세요

꿈이 많고 말이 많고 비밀이 많아 스스로를 엉뚱한 아이라 부르는 최애리의 첫시집으로 사랑에 대한 독특한 감성이 살아있다.
■ 최애리 지음/값3,500원

⑩ 눈을 감고 내 얼굴을 그려봐

거짓없고 순수한 사랑의 마음을 담은 김형준의 첫번째 시집으로 젊은 날의 빛나는 사랑과 이별, 그리움이 순수한 모습으로 그려져 있다.
■ 김형준 지음/값3,500원

⑪ 바람으로 불어온 그대 향기 그리움에 날리고

섬세한 사랑의 선율이 느껴지는 시인 김경구의 다섯 번째 시집. 이 세상에서 가장 아름다운 것이 사랑이라는 지은이의 말처럼 깊은 사랑의 감동이 느껴진다.
■김경구 지음/값3,500원

⑫ 조금만 울고 많이 그리워하기

절망보다 더한 사랑의 가슴앓이를 빛나는 그리움으로 승화시킨 김찬수의 두 번째 시집. 절망 속에 불러보는 젊은이의 희망이 느껴지는 책.
■김찬수 지음/값3,500원

⑬ 언제나 마지막이라는 편지

빈 가슴에 자리한 슬픈 사랑을 아름다운 추억으로 엮은 사랑 시집. 세상의 아름다운 것은 모두 주고 싶다는 순수함이 향기롭게 다가온다.
■이원정 지음/값3,500원

등·불·의·책·에·는·삶·의·향·기·가·가·득·합·니·다

❶아름다운 시간속에서 시작되는 사랑을 위하여

진정한 사랑의 의미를 깨닫게 해주는 소설. 타고난 순진함으로 조심스럽게 진실한 사랑을 찾아가는 귀여운 바보 멜리사의 사랑이야기. 그녀의 사랑이 시작되었다. 스물한 살의 어느 여름날에……

●손드라 스탠포드 지음/박순주 옮김/값5,500원

❷여자가 사랑할 때

완전한 사랑을 꿈꾸는 여자의 절망과 사랑을 이야기한 소설. 로맨스 소설의 여왕 다니엘 스틸의 작품. 가슴깊이 새겨진 상처를 안고 사는 주인공 타나의 절망, 진정한 우정으로 다가간 러스의 사랑을 그녀는 받아들일지…

●다니엘 스틸 지음/최성민 옮김/값5,500원

❸사랑이 그리울 때

사랑을 그리워하는 모든 이들에게 바치는 책. 때로 사랑은 엇갈린 운명 속에서도 피어난다. 수줍게 자란 손세트와 그녀의 친구의 약혼자인 데카르피는 이루지 못할 사랑에 절망하고 엇갈려야 하는 운명을 받아들인다.

●마르셀 프레보 지음/조윤경 옮김/값5,500원

❹사랑 그 영원함을 위하여

'사랑은 안녕이라고 말하지 않겠다는 약속입니다'라는 말을 남긴 다니엘 스틸의 소설. 영원한 사랑을 약속한 주인공 마이클과 낸시, 그들은 사랑을 반대하는 운명의 힘을 극복하고 둘만의 사랑의 약속을 지킨다.

●다니엘 스틸 지음/전동민 옮김/값5,500원

원고를 모집합니다

저희 등불 출판사에서는 귀하의 옥고를 책으로 만들어
드립니다. 가슴에 묻힌 아름다운 추억, 살면서 겪어야
했던 기막힌 사연, 자손에게 물려주고 싶은 인생경험담,
작가의 꿈을 이루기 위해 써두었던 문학작품 등을
출판해 드립니다.

문장에 자신이 없거나 용기가 없어 망설이는 분을 위해
저희 출판사 편집진이 항상 기다리고 있습니다.
언제든 연락바랍니다.

※원고는 반환하지 않음을 알려드립니다.

• •

모집원고 : 시, 소설, 수필, 희곡, 일기, 편지, 자서전,
  문집, 회갑기념집, 사진집, 동인지, 기타
  직업에 관련된 수필집 등
모집일시 : 수시
보 낼 곳 : 서울시 마포구 합정동 385-107 중앙회빌딩
  등불 출판사 편집부
  (우121-220, 전화 322-4595~6)